하나님을 사랑하는 자녀들에게

주님, 우리가 그리스도 안에서 하나 되길 원합니다.

하나님과 숫자를 세요

지은이   아이린 선
그린이   알렉스 포스터

2019년 08월 23일 1판 1쇄 펴냄

펴낸곳   예키즈
출판 등록   2013년 11월 21일(제396-2013-000171호)
주소   서울특별시 마포구 성지1길 7 (합정동)
전화   02-6933-9981 · **팩스** 02-6933-9989
이메일   publ@ywam.co.kr
홈페이지   www.ywampubl.com

ISBN 979-11-86080-62-7

책값은 뒤표지에 있습니다. 잘못된 책은 바꾸어 드립니다.

* 예키즈는 도서출판 예수전도단의 어린이 전문 브랜드입니다.

* 예키즈 인스타그램과 카카오스토리에서 다양한 도서 정보와 이벤트를 만나 보실 수 있습니다.
  인스타그램 @yekids_ywam 카카오스토리 '예키즈' 검색

하나님과 숫자를 세요

성경 말씀에서 배우는 숫자 이야기

글 | 아이린 선

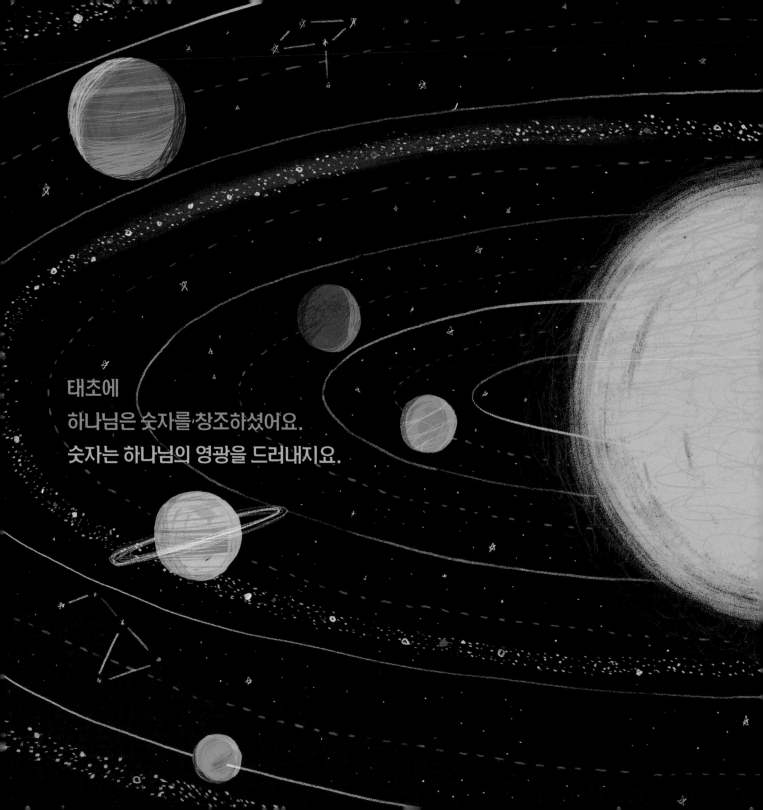

태초에
하나님은 숫자를 창조하셨어요.
숫자는 하나님의 영광을 드러내지요.

하나는 하나님만이 유일하시며, 최고이신 분이라고 말해요.

하나님 외에 다른 신은 없어요.
우리 하나님 여호와는 오직 **유일한** 분이에요.

신명기 6:4

2 둘은
우리가 혼자가 아니라고 말해줘요.

태초에 하나님은
아담과 하와, **두** 사람을 만드셨고,
그들은 하나님과 나란히 걸었어요.
얼굴을 맞대고, 하나님과 이야기를 나눴어요.

아담과 하와는 동물과는 달랐어요.
그들은 서로 많이 닮았지만, 조금 다른 점도 있었죠.
무엇보다도 아담과 하와는
하나님의 형상을 닮았으니까요.

창세기 1:27

셋은 우리에게 하나님은 사랑이라고 말해요.

성부 하나님,

성자 하나님,

성령 하나님.

셋은 하나이자,
하나는 **셋** 안에 포함돼요.
그들은 서로를 마치 가족처럼 사랑해요.

3

셋은 하나님께서 우리를 사랑하신다는 것을 말해줘요.
예수님은 오후 **세** 시에 십자가에 못 박혀 돌아가셨어요.

그리고 **삼** 일째 되던 날,
우리를 가족으로 삼으시려고 부활하셨어요.

마태복음 27:46, 고린도전서 15:4

넷은
하나님이 모든 것을 아름답게 하셨다고 말해요.

4

하나님은 에덴동산에 **네** 줄기의 강을 만드셨어요.
그리고 모든 나비에게 **네** 개의 날개를 달아주셨어요.

창세기 2:10

하나님의 보좌 앞에는,
찬양하는 **네** 생물이 있어요.
"거룩하다. 거룩하다.
전능하신 하나님은 거룩하시다!"

요한계시록 4:7-8

5

다섯은 하나님의 말씀을 뜻해요.

말씀은 꿀처럼 달콤해요.
모세는 성경에 **다섯** 권의 책을 써서
사람들에게 하나님에 대해 말해줬어요.

시편 19:10

하나님은 자녀들에게 말씀하세요.
"너희를 사랑한단다."
하나님은 그의 자녀들에게 말씀하세요.
"내가 너희에게 말하는 것을 들으렴.
그것이 나를 사랑하는 방법이란다."
하나님은 자녀들을 사랑하기 때문에
그들에게 말씀하세요.

신명기 6:4-5, 요한복음 14:15

여섯은 하나님께서 죄를 싫어하신다는 것을 말해줘요.

하나님이 미워하시는 **여섯** 가지가 있어요.

교만한 눈,
거짓말하는 혀,
상하게 하는 손,
악한 마음,
순종하지 않는 발,
이간질하는 사람.

잠언 6:16-19

7

일곱은 하나님이 우리와 함께하신다고 말해요.

하나님이 여호수아에게 말했어요.
"강하고 담대하여라. 내가 너희와 함께함이니
칠일 동안 여리고 주위를 행진하라.
일곱 개의 뿔을 가진 **일곱** 명의 제사장들을 데리고 오너라.

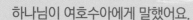

일곱 번째 날,
성 주변을 **일곱** 바퀴를 돌아라."
여호수아는 순종했고,
여리고의 성벽은 무너졌어요.

여호수아 1:9, 6:4

여덟은 하나님이 그의 자녀들을 구해주심을 말해줘요.

하나님이 노아에게 말했어요.
"방주를 만들어라. 동물들을 데려와라. 가족을 데리고 오너라."
노아는 순종했어요.

몇 주 동안 하늘에서 계속 비가 쏟아졌어요.
물이 온 세상을 덮을 때까지요.
하나님은 방주 안에 있던 **여덟** 명을 살리셨어요.

창세기 8:1, 16

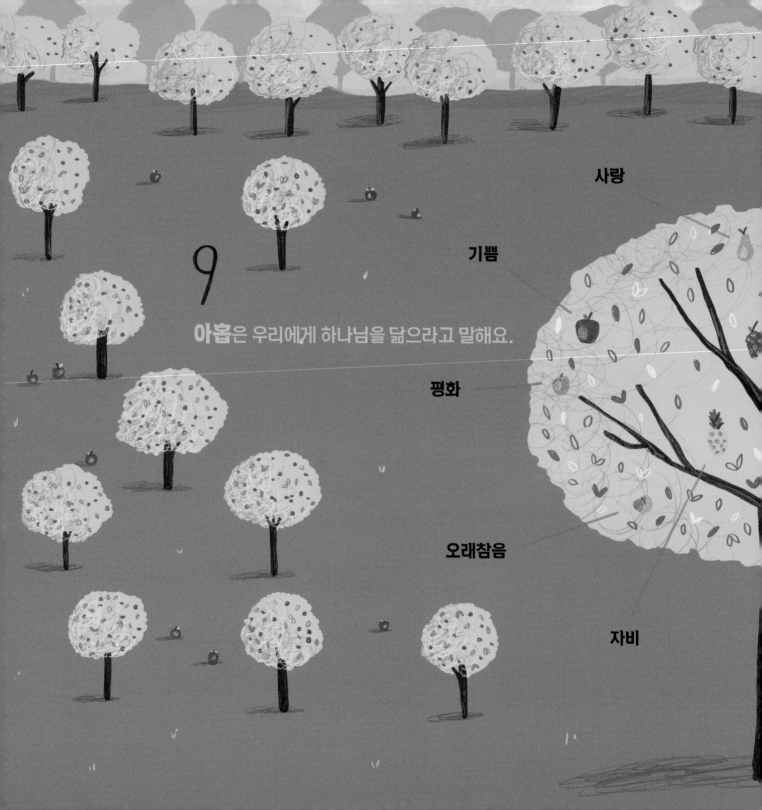

사랑

기쁨

9

아홉은 우리에게 하나님을 닮으라고 말해요.

평화

오래참음

자비

착함

성실

온유

절제

사과나무는 열매로 사과를 맺지요.
바나나 나무에는 바나나가 열려요.
하나님의 자녀는 예수님을 닮아요. 성령님이 도우시죠.
예수님은 사랑, 기쁨, 평화, 오래참음, 자비, 착함, 성실, 온유
그리고 절제가 충만하세요.
하나님은 우리가 예수님을 닮아가기 원하세요.

갈라디아서 5:22-23, 베드로전서 1:16

열은 하나님께서 자녀 중 어느 하나도 잃어버리는 걸 원치 않는다고 말해줘요.

예전에 동전 **열** 개를 가진 아주머니가 있었어요.
그녀는 동전을 사랑했고, 그것을 세는 것을 좋아했지요.
1, 2, 3, 4, 5, 6, 7, 8, 9, 10.

어느 날, 그녀는 동전 한 개를 잃어버렸어요.
그녀는 이곳저곳을 찾아봤어요.
하지만 동전은 없었어요.

마침내, 그녀는 동전을 찾았어요!
그녀는 너무 행복했어요.

하나님은 잃어버린 자녀를 찾고 계세요.
그들을 찾을 때, 하나님은 크게 기뻐하세요.

누가복음 15:8-10, 베드로후서 3:9

11

열하나는 하나님께서 우리를 용서해주신다는 것을 말해요.

예수님은 그의 제자로 열두 명을 뽑으셨어요.
그들 모두를 사랑하셨어요.
그들의 발을 씻겨주고, 그들에게 빵을 줬어요.
하지만 유다는 예수님을 사랑하지 않았어요.
그래서 유다는 도망쳐버리고 돌아오지 않았어요.

요한복음 13:21, 30

다른 **열한** 명의 제자들도 예수님을 떠났어요.
그러나 **열한** 명의 제자들은 돌아왔고,
모두 예수님께 용서를 빌었어요.
그리고 예수님은 그들을 용서하셨어요.

마태복음 26:56, 75

열둘은 우리가 영원히 하나님과 함께 살 것이라고 말해요.

12

언젠가 하나님은 우리를 그의 집으로 데려가실 거예요.

더 이상의 고통이나 눈물이 없는 곳으로요.

그곳에는 **열두** 종류의 열매를 맺는 생명 나무와

열두 개의 빛나는 문이 있을 거예요. 하지만 태양은 없을 거예요.

하나님이 우리의 빛이 될 테니까요.

요한계시록 21:12, 22:2

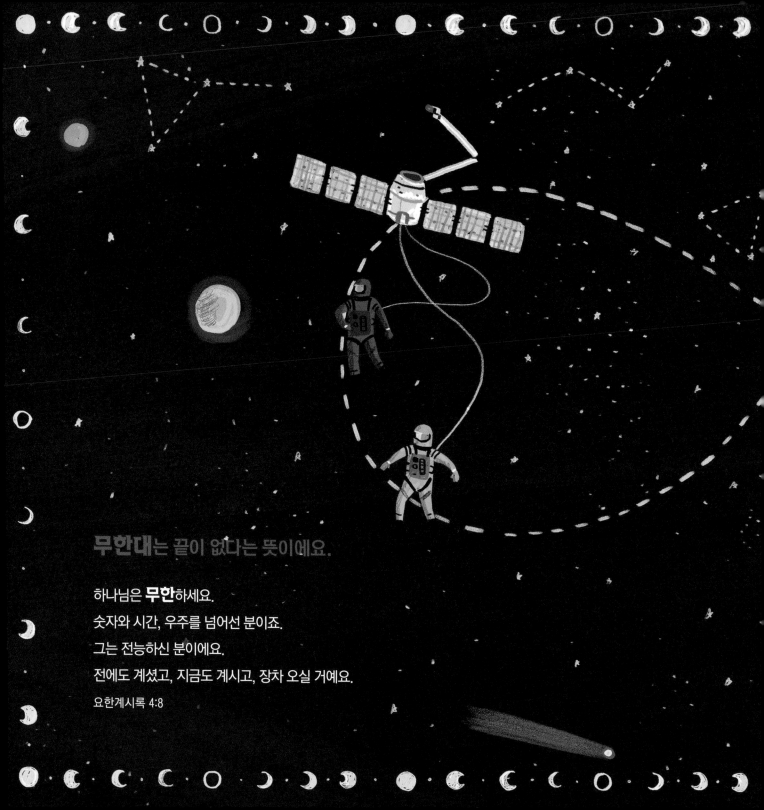

무한대는 끝이 없다는 뜻이에요.

하나님은 **무한**하세요.
숫자와 시간, 우주를 넘어선 분이죠.
그는 전능하신 분이에요.
전에도 계셨고, 지금도 계시고, 장차 오실 거예요.

요한계시록 4:8

예수님은 **무한**하세요.

그러나 예수님은 그 위대함을 생각하지 않으셨어요.

초라한 마구간에 갓난아이로 태어나셨어요.

세상을 창조하신 분에게는 너무나 작고 협소한 곳에서요.

빌립보서 2:5 – 8, 사도행전 2:24, 신명기 33:27

하나님은 모든 숫자를 세신답니다.

하나님은 바다에 있는 모든 물고기와
하늘의 모든 별을 합친 수를 알고 계세요.
하나님은 우리 머리카락의 수와
우리가 흘리는 눈물의 양도
모두 알고 계세요.

우리가 하나님과 나란히 걸을 때까지
하나님은 우리의 모든 걸음을 세고 계세요.

우리가 하나님을 직접 만날 때까지
하나님은 우리의 모든 날을 세고 계세요.
하나님은 그의 영광을 드러내기 위해
숫자를 창조하셨어요.

1
2
3
4
5
6
7
8
9
10
11
12